幸福窮日子

文・阿濃

圖・aiko

幸福窮日子
作者／阿濃
插畫／ahko
總編輯／馬鎮梅
策劃／廖迎祺
責任編輯／劉綺華
美術設計／劉碧雲
出版發行／突破出版社
香港沙田亞公角山路33號突破青年村
電話：2632 0000　傳真：2632 0388
電郵：breakthrough@breakthrough.org.hk
網址：http://www.breakthrough.org.hk
http://www.btproduct.com
承印／陽光（彩美）印刷有限公司
2012年7月初版1刷
2024年9月初版12刷

Our Poor Happy Life
by A Nong
Illustration: ahko
First Printing, First Edition, July 2012
Twelfth Printing, First Edition, September 2024

Printed in Hong Kong
ISBN 978-988-8073-64-1

誠邀閣下就突破出版社的書籍發表意見
歡迎加入突破出版社 Facebook page — http://www.facebook.com/btbooks.page
本書採用環保油墨印刷

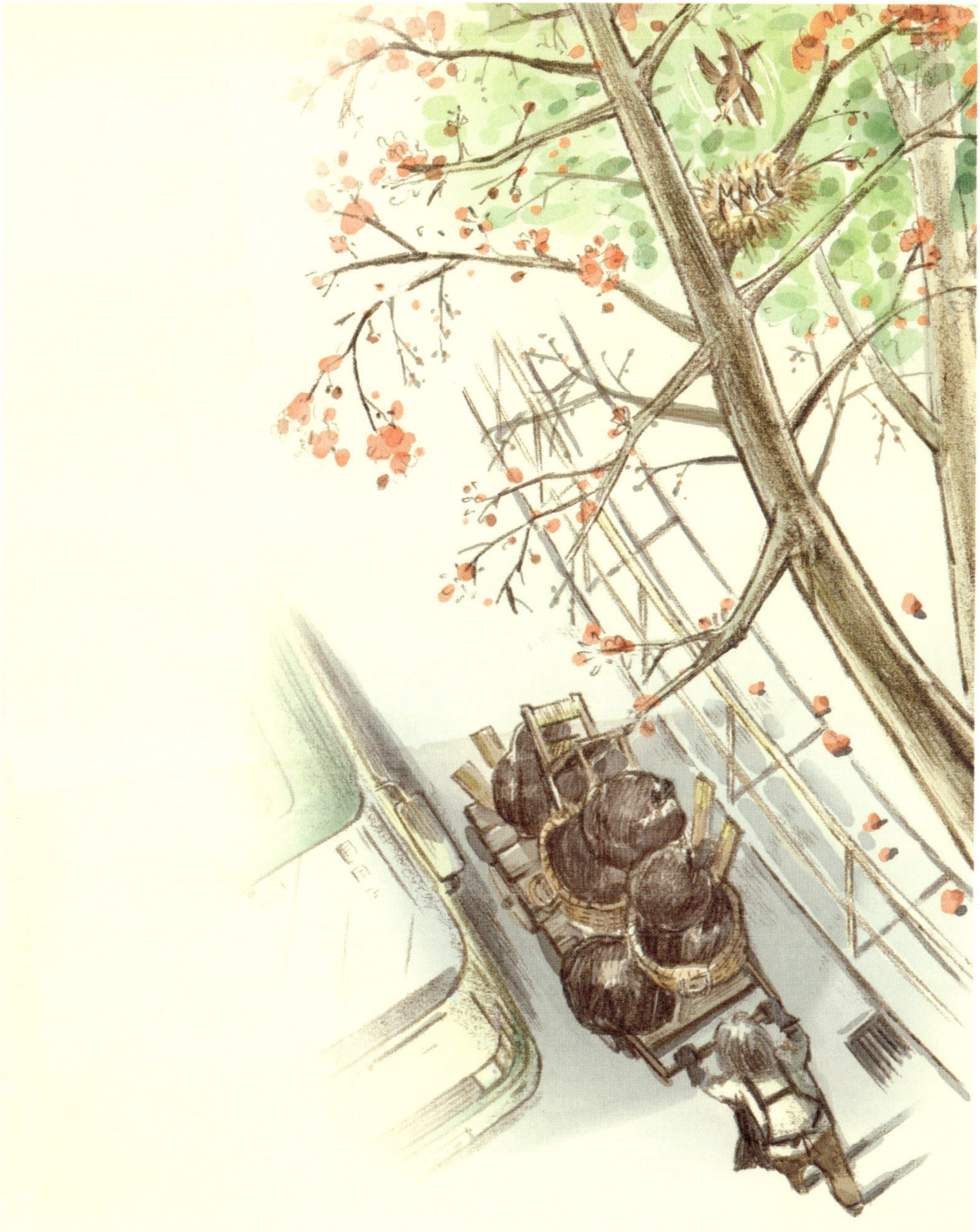

或坐在巨人的肩膀上，或呷一口書香，讓我們的生活漸次提升，讓眼界更遼闊。

目錄

序

首先要感謝參加這次「阿濃寫作計畫」的同學們：黃博頌、孫毓森、趙叔宏、陳嘉盈、李浩然、江曉僑、張浩賢、王力、安迪、布月梅、吳嘉維、林子婷、羽落、廖志龍、林福鴻、張智堂、呂樂怡、石瀅瀅、紫清幽、蘇美儀、李若寒、王安迪、馮子浩、鄭安晉、孫家鈺、許詠麟、楊祺豐、鄭祖基、立卓、吳欣穎、泡沫、張米樂、葉竣誠、吳沚蔚、浠雪、若風、小月、張家儀、楊慧晶、Tse Kam Fai、Mei Gi Chan、Ching Yin、Fung Ho Ting、Sammi Chan、Wu Man Yee（排名不分先後），你們提供了不少素材和意念，有助我完成這本書。

「儘管我們貧困，但我覺得我是富裕的，有了父母的愛，我已經滿足了。」（紫清幽）

「給不到足夠的金錢幫助，請你也給足夠的尊重。」（楊慧晶）

「貧窮不是錯，但因貧窮而自卑便是錯了。」（呂樂怡）

「窮人的快樂、純真和夢想，是用錢買不到的。我甘願為我的快樂、純真和夢想當窮人，就像如今的我。」（黄博頌）

親愛的，你們的想法我都收到了，而且寫進了故事裏。

我寫的就是窮人的自尊、努力、互相關懷、精神的滿足和快樂。

古人對貧窮説了許多勵志的話：「知足者，貧賤亦樂」（林逋《省心錄》）、「貧賤不能移」（《孟子．滕文公下》）、「窮且益堅，不墜青雲之志」（王勃《滕王閣序》）、「天將降大任於斯人也，必先苦其心志，勞其筋骨，餓其體膚……」（《孟子．告子下》）、「賢哉，回（顏回）也！一簞食，一瓢飲，在陋巷，人不堪其憂，回也不改其樂。」（《論語．雍也》）我們不怕做現代的顏回，但我們的青雲之志不是為個人，而是為社會大眾。

阿濃也經歷過少年時代的貧窮，回憶起來雖有苦味，卻也是個人成長的一種歷練。突破編輯部曾建議我寫自傳，我覺得無此需要；但這本書中的少年往事卻都是如實道來的紀實文字。

感謝鎮梅、迎祺、綺華為本書做了許多工作，感謝阿高精彩的插圖。

當我寫這本書時，我深深感覺自己的不足；當我完成這本書時，我心裏又感到滿足。因為我把我所能付出的，都已奉獻出來。

我們這一家

我們一家四口，本來住在廣東佛山。佛山是好地方，城市繁榮，跟香港的關係相當密切，有黃飛鴻紀念館、李小龍紀念館，很多香港人都參觀過。

我爸爸叫黃自立，佛山獸醫專科學校畢業，所學習的以農村牲畜牛、羊、豬、雞的防疫、保健、醫療、衛生工作為主，不同香港為寵物治療的獸醫，他沒有在港掛牌的專業資格。爸爸愛妻子也愛兒女，但只做不說。到不得不說時，往往又很嚴厲，所以我們有點怕他。

我媽媽叫李秀菊，香港出生，十歲時父母同時病逝，回佛山鄉間隨外祖母生活。我爸爸下鄉工作時認識了她，一見鍾情，成為夫婦。她是一間國營商店的售貨員，雖然只是初中畢業，但工作能力強，很有主見，爸爸反而要聽她的。

我叫黃志芬，家中長女，在佛山一間中學讀中二，成績普通。在知道我可能到香港讀書後，曾經跟弟弟一同課外補習英文。我自覺遺傳了媽媽的優點，從小學起，我做過四任班長。

弟弟叫黃志中，媽媽懷孕後因為違背了國家的一孩政策，曾經被要求人工流產。媽媽城市鄉村兩處躲，終於生下弟弟，這時政策已比較寬鬆，罰款了事。弟弟出生不易，又是個男孩，爸媽一方面有點縱他，對他的功課要求卻又相當嚴格;但他還是比較喜歡玩，尤其是球類，頗有點天分。

爸媽都認為去香港讀書比較有前途，將來可以升讀好一點的大學，找更好的工作。雖然我和弟弟都不同意，我們都捨不得鄉間的綠樹小河和一大堆朋友，但這麼重大的事不由我們小孩決定。

媽媽因為在香港出生，又連續在香港居住七年以上，所以她拿到了香港身分證，做了「先頭部隊」，到香港謀生。我們在香港的親戚只有一位，是我祖父的弟弟，爸爸叫他二叔，我們從沒有見過他。他已退休，境況並不太好，所以也幫不了媽媽什麼。

媽媽到港後，先在一間酒樓做洗碗，工作辛苦工資低，後來找到一份清潔公司的工作，情況有了改善。

爸爸和我們申請往港定居的事漫長艱辛，最後還是靠搭上關係才拿到來港的單程證。

我們都做好心理準備：爸爸不怕辛苦，什麼工作都願捱；我們會努力讀書，不辜負爸媽的期望。我們抵港後會面臨什麼樣的生活呢？請你看下去。

旺角東站 Mong Kok
TAXI

來港第一天

下了火車，爸爸點數了我們帶過來的大包小包，隨着人羣出了火車站。滿街是人，我們提着行李，不是碰了這個，便是礙了那個，招回來的是憎惡的目光。看到巴士站上長長的人龍，爸爸決定坐的士。

的士站上也要排隊，不過輪候的時間不算長。

的士司機是個老人家，聽爸爸說了目的地之後便一面開車一面跟我們搭訕。

「來香港定居？」

爸爸用帶有鄉音的廣東話說是。

「香港有什麼好！」司機說。

爸爸不知道怎樣回答，只有默不作聲。

「我揸咗四十年的士還要揸。」前面塞車，他詛咒了一聲跟着說，「有人以為香港有得執！」

我和弟弟望出車外，見相連兩間商店，白日燈火通明，店裏擠滿了人，再看清楚兩間都是金舖。附近停着幾部旅遊車，店裏應該都是來購物的遊客。

「睇吓大陸人幾有錢！過來生仔、搶奶粉、買豪宅。」司機說，「我個孫讀大學啦，暑假去大陸山區做義工，話好多小朋友窮到冇書讀，叫我捐錢建新校，我話叫大陸有錢人捐先啦！」

說着說着司機停車說到了。爸爸照里數錶付錢，司機說要多收兩件行李費。爸爸還想說什麼，司機說：「放心啦，我唔識呃人嘅，識呃人就唔使咁窮啦！」

我們終於找到媽媽位於深水埗的房間，那是一個狹長的空間，僅僅可以放一張單人牀。牀的那頭有張小几，上面擺放着一部很小的電視機，其他的空間都放滿雜物。我們三個擠進去之後，兩件大行李就拿不進去，要放在門外。

弟弟第一個嚷嚷了：「地方這麼小，怎麼睡得下！」

「別擔心，我們一會兒一同去租房子。」媽媽補充說：「我約好了幾家。」

於是我們走出來，把兩件大行李塞進房間，堆在牀上。

媽媽帶我們看了三處，以第一間最好，一個房間雖然連窗戶也沒有，但放得下兩張牀。一張是雙人牀，一張是碌架牀，上下可睡兩人。更難得的是牀是現成的，可免費借用。於是我們急忙回到第一間，幸好房間仍在。

當我們在跟房東太太談條件時，另一個房間的門打開了，一位女士的身影閃現了一下，又消失在裏面，但房門保持半掩。我聽到一把女聲對屋裏人說：「大陸人！」

就從「大陸人」這三個字，我聽出其中的藐視和不屑。而這將是我們天天要面對的「芳鄰」。

媽媽交了押金和首期之後，爸爸因為走了很多路，見小小的客廳上，電視機旁邊有一張摺凳，就坐下休息。

媽媽拿手機給爸爸，叫他打電話給二叔，告訴他我們到了，而且租成了新房間，約他一會兒到附近一家酒樓午飯。爸爸問明了電話號碼，找到了二叔，敞開喉嚨，說明了一切。可能二叔那邊環境嘈吵，爸爸愈說愈大聲。

這時忽然見那女人從房間出來，走到爸爸身邊，板着臉說：「對不起，你坐的凳子是我家的，我想拿回去。」

爸爸顧着聽電話，一時沒聽明白，沒有給她回應。

那女人變了臉色，大聲說：「阿叔，我要攞返張凳！」

爸爸終於弄明白了，連忙起立說:「對唔住！對唔住！」

那女人拿起凳子走回房間，在關上房門之前拋下一句：「至麻煩是大陸人！」

來港第一天，香港人是這樣「歡迎」我們的。

上課第一天

媽媽是做清潔工的，一間小型清潔公司請了她，專為辦公室打掃。每天媽媽都等候公司的通知，接到通知就上班。最近公司要求她到尖沙嘴一間辦公室工作，每天下午六時做到第二天凌晨二時，持續半年。所以白天她睡到上午十時才起牀，除了買菜、煮飯、洗衣之外，也會接些雜工來做，譬如幫人家抹窗、打地蠟之類。

爸爸來港以後，一時找不到適合的工作，媽媽介紹他到自己那間公司一同做清潔。所以這幾天我們從學校回家，匆匆見他們一面，他們就上班了。他們下班回來，我們已經睡了。

兩星期前我和弟弟已找到學校了，今天是我們第一天上

課。媽媽帶我們乘巴士前往，大約二十分鐘就到了。之前我們已經來過學校幾次了，是辦理入學登記和考入學試等事宜。我考中三，弟弟考中二，學校那位主任說我們的英文程度低，所以我只能讀中二，弟弟要讀中一。

媽媽帶我們報到後就回家了。那位主任叫我們跟着他去教師休息室，他把弟弟交給一位男老師，把我交給一位女老師。主任要我叫她 Miss Lee，說她是我的班主任。

上課鐘聲響起，Miss Lee 帶我進中二 B 班課室。我一進去就聽見有人說：「大陸妹。」我的校服是媽媽在香港新買的，我不知道他們憑什麼認出我的身分來。皮鞋？髮型？或許不是靠外表，而是在另一個環境裏浸淫日久的不同氣質。尤其我不是從大城市出來的，看上去有點土吧。

Miss Lee 見我長得高，叫我坐到最後一排一個空位上，同坐一排的是個瘦瘦的女生。我還沒有走近她，她已舉手說：「Miss Lee，我可唔可以唔同蝗蟲坐？」

早前看過新聞，我知道蝗蟲的意思。我望向她，見她一臉的鄙屑，我停下了腳步。

中二B班

Miss Lee 説：「我們歡迎班上多了一位新同學，她叫黃志芬。何翹翹，你為什麼不想跟黃志芬坐？你認識她嗎？」

「我不認識她，我就是不喜歡蝗蟲！」何翹翹說。

Miss Lee 見我還站着，就問後排一個男生：「陳大可，你不反對黃志芬坐你旁邊嗎？」

「歡迎！」陳大可給我一個溫暖的微笑。

我過去坐下，輕聲說：「多謝！」

Miss Lee 說：「除了新界少數原住民，香港絕大多數人都是內地來的。我自己也是『大陸人』，不是昆蟲呢！」

我轉頭望望何翹翹，她低着頭，耳朵卻是紅的。

午 餐

上午的課上完之後，我們有一個小時午膳時間。媽媽已經為我和弟弟一人準備了一個便當。我約弟弟來我的課室一同吃飯。

經過一個星期的了解，我知道同學們的午膳是怎樣解決的。有人去麥當勞，有人去茶餐廳，有人在校門外買飯盒，有人像我們這樣帶了便當回來。

帶便當回來吃的同學並不多，可能是有心思有時間為孩子準備便當的媽媽比較少，也可能喜歡吃街上的東西比愛吃家常便飯的同學要多吧。

和我一樣在課室午膳的其中一人是陳大可，他吃的時候沒

有筷子或刀叉，也沒有便當盒。他手上有一個半透明膠袋，伸手進去抓一塊放進嘴裏，喝一口水，又抓第二塊。

從半透明膠袋我看到裏面是一磅方包，就是四四方方的白麵包。他沒有搽果醬或牛油，也沒有夾火腿或香腸。他用礦泉水瓶飲水，弟弟見他瓶子裏的水是從飲水器盛來的。

「陳大可，你吃白麵包？」我問。

「好味！」他又抓一塊放進嘴，「你有冇試過食白飯？嚼吓嚼吓就有甜味，白麵包也一樣。」

「陳大可，你做乜唔飲汽水？」弟弟天真地問。

「飲水器的水比汽水更新鮮，又唔使錢。」陳大可拿起水瓶喝了一口。

他瞥見我們的飯盒裏有蛋有菜有番茄，顏色有黃有白有綠有紅。「阿媽整嘅？好靚！」

「你阿媽唔得閒整？」弟弟反問。

「我阿媽死咗幾年啦，老豆夜放工，冇人煮飯。」

「你餐餐食麵包？」我驚訝地問。

「晚上跟阿爸出街食，佢鍾意街邊檔，夠鑊氣！又平。」他把最後一塊麵包放進嘴裏說：「有媽媽的孩子真幸福！」

「弟弟，聽到沒有？」我對弟弟說。

陳大可望向我和弟弟，我補充說：「弟弟不想食飯盒，想食漢堡包。」

禮 物

弟弟的人際關係似乎比我好，他的足球技術不錯，一個叫「小虎隊」的校際足球隊招攬了他，一個星期最少練球一次。同學不時打電話找他，有男也有女。不過沒有出現「煲電話粥」的狀況，屬正常交往。

前幾天我和弟弟在家裏一起溫習，弟弟問我：「女同學Mandy 生日，送什麼禮物好？」

我說：「一班許多同學，人人都有生日，怎送得這麼多？」

「她邀請六七個同學到她家開生日會，我坐在她旁邊位，比較熟，所以她邀請我。」弟弟托着腮，一臉苦惱的樣子。

「其他同學準備送什麼？」

「有筆盒、手機袋、手鍊……聽他們說，Mandy 家很有錢，禮物不可太 cheap。」

「禮物講心思，不是用錢衡量，有什麼 cheap 唔 cheap？」我拍拍弟弟的肩膊，嘗試鼓勵他。

弟弟低頭在練習簿上胡亂寫寫畫畫，說：「我也這麼想，你有什麼提議？」

我連忙搶去他的練習簿，畫了一顆星星：「你會摺幸運星嗎？摺一瓶送給她。」

弟弟搖搖頭，我說：「你去找一本人家丟棄的彩色雜誌來，讓我教你。」

弟弟說剛才在樓梯間看到一堆雜誌，是人家當垃圾丟出來的。我叫他撿一本紙質好的回來。

雜誌拿回來時我已準備了間尺和剶刀。我選擇顏色豐富的幾頁，把它剶成大概半吋闊的紙條，先摺了一個出來給弟弟看，然後叫弟弟一步一步跟我做。起初他做得有點鬆，角也不夠利，但是他很快有改進，摺得跟我一模一樣。

我們摺了一百多個之後，我找到一個裝甜酒釀的空玻璃瓶，洗乾淨，抹乾，把幸運星裝進去，剛好一瓶。瓶子裏像裝了七彩的糖果，十分好看。我還找到一條絲帶繫在瓶口，更顯精緻。弟弟把那瓶幸運星捧在手裏，看了又看，十分滿意。

兩天後弟弟開生日會回來，興奮的説：「Mandy 很喜歡幸運星，我們唱過生日歌吃過蛋糕之後，大家一齊摺幸運星，是我教他們做的。我們做了一大瓶，準備在 Miss Lee 生日時送給她。」

舊 衣

今天爸媽拿回來一袋舊衣服。

他們夜間替一間大公司的寫字樓做清潔，認識了公司茶水間的張嬸。

張嬸說公司副經理馮太給她一袋舊衣服，是她女兒穿過的，質地和款式都不錯，但女兒大了不合穿，看張嬸有沒有人可送。

有一次媽媽不舒服，我去幫爸爸工作，張嬸見過我，覺得我應該合穿，就把這袋衣服送給媽媽了。

她還客氣的說：「如果你不介意，就給你女兒挑些合穿的吧！如今提倡環保，這麼好的衣服丟掉太可惜了。」

張嬸還補充說：「馮太在外國生活過，那邊流行這樣做。她說所有的衣服都曾經洗過，是乾淨的。」

我們打開袋子，裏面有七、八件少女服裝：有牛仔褲、連身裙、短褸、恤衫……有些是有名的牌子，果然都還很新。媽媽叫我穿來試試，居然十分合身。弟弟嚷着說：「你穿起來好靚呀！」

我來香港時沒帶什麼衣服，後來媽媽為我買的款式都比較一般，價錢也便宜，我還不曾穿過這麼好的衣服，於是我也很高興。

我們上學穿的是校服，所以只有假日或跟爸媽去探訪親友時我才會穿上這些靚衫。

今年學校舉行全校大旅行，地點在大欖郊野公園，老師宣布可以不穿校服參加。

我穿上張嬸給我的牛仔褲，配上一件稍厚的 T 恤。弟弟穿的也是牛仔褲和 T 恤，是在街市附近的攤檔買的。

這天天氣很好，我跟幾個女同學一組集體野餐，每人帶兩樣食物來，我們事前吹過風，帶的東西不能重複，不像另

外一組，有三個人帶了香蕉。

有兩個同組的稱讚我的牛仔褲好看。與我最相熟的玲玲看了一眼，卻沒有說什麼。

野餐之後老師帶領我們玩了幾個集體遊戲，餘下便是自由時間。我跟玲玲坐在樹蔭下休息。

「你認識馮小青？」玲玲問。

「不認識。」我說，「她是誰？」

「是我表姐。」她說，「我認得她的牛仔褲，因為這塊墨跡是我不小心弄上去的。」

她指指我牛仔褲上近袋口的一處已經洗淡了的一塊灰斑。

我的耳朵即時紅了。穿人家的舊衣服似乎不是什麼榮耀的事。

「我以前也穿小青的舊衣服，可惜我胖了許多，不合穿了。黃志芬，你穿得很好看！」

「多謝你！」我有點難為情地說。

「來，讓我們拍張照，傳給表姐看，看她的牛仔褲穿在你身上多好看！她一定很高興。」

於是我們請剛好經過的 Miss Lee 為我們拍了一張合照。

同屋

從房東太太口中，我們知道我們的鄰居姓馬，馬先生曾經做很大的生意，店舖有十幾間，可惜一場金融風暴，他開的店舖全線倒閉，還欠下好大筆錢，最後宣布破產，靠綜援為生。所以他們也是窮人。

他們很少煮食，三餐都在街上解決。除了去街吃飯，其餘時間就在家睡覺、看電視。他房間裏有電視機，有時馬先生要看甲台，馬太卻要看乙台，馬太就要到廳上看房東太太的電視。

我們跟馬先生這家沒有什麼來往，早上偶然相遇，我們總會對他們說聲早，可是他們只是稍一點頭，就急急擦身而過。

媽媽喜歡吃魚，可是游水魚比較貴，她會買一些價錢較便宜的用碎冰冷藏着的小魚，回家煎一煎，放到砂煲裏，加上切成一條條的蘿蔔，還有去腥味的薑、蔥、胡椒粉，煮成一鍋乳白色的湯，鮮味極了。

這天媽媽正在煎魚，馬太忽然走進廚房，她用手掩着鼻子，皺着眉頭對媽媽說：「黃太，你知唔知你煎魚好腥好難頂？成間屋都是腥味，我的皮草、大褸都搞到腥坑坑，點着得！」

「唔好意思……」媽媽總是息事寧人。

「你上次煮蝦醬我已經冇話你，你今次又煎魚！」馬太還是掩着鼻子。

「我一會兒關上廚房門。」媽媽陪笑說。

馬太離開後媽媽果然把廚房門關上。

這天是星期天，爸媽都不用開工。晚飯前，魚湯煲好了，媽媽叫我試試鹹淡，我試了一口說剛好，而且鮮味極了。

媽媽裝了一碗給房東太太，她跟馬太正在廳裏看電視。房

東太太呷了一口，立即說：「好鮮！」

媽媽對馬太說：「馬太，你也試試？」馬太說：「我怕腥。」房東太太說：「一點也不腥。」

馬太遲疑着，媽媽裝了一小碗出來遞給她：「你一試便知。」馬太謹慎地試了一口，笑容爬上她的臉：「唔，果然不腥。」媽媽接過她手上的碗說：「我再裝一碗給你，要趁熱喝，一定不會腥！」

自從馬太飲過媽媽的魚湯後，對我們的態度有明顯的改變。我沒有再聽她說「大陸人」怎樣怎樣了。

翹翹

不肯與我同座的何翹翹，後來我發覺，她並不是太難對付的人物。

有一次老師叫我朗讀一段課文，我的鄉音多次引起同學的笑聲，不過我知道同學們並無惡意，只是一種本能的反應。

下課後何翹翹忽然叫我：「黃志芬，你知道你的問題出在哪裏？」

「什麼問題？」我警戒地問。

「讀音問題。」她說。

「我知道我有鄉音。」我低頭說。

「你試先改一個時常出現而又容易改的，就是這個『的』字，是 dig，不是 dug。你跟我講：我 dig 故鄉有一條清澈 dig 小河流過。」

我跟她說了一遍，她說:「啱啦，記住！」我說:「多謝你！」

今天上課時，學校社工敲門進來，對老師說何翹翹家裏有事，要請半天假。他叫翹翹收拾書包跟他去。

何翹翹第二天也沒有回來上課。有同學向跟翹翹最要好的任巧文打聽，巧文說翹翹家的電話沒人聽。

第三、四天是週末，第五天星期一，翹翹回來了。

同學們關心地問她家裏發生什麼事，她總是回答說：「冇嘢。」

到上通識課時我發現翹翹沒有課本，我舉手問准老師坐到她旁邊，一同使用我的課本。我又發現她的圓珠筆不出墨，我拿了一枝給她。

中午吃飯時她不像平常那樣到快餐店去，留在課室，拿了一個菠蘿包出來吃。媽媽在我的飯盒裏裝了三份三文治，

我遞一份給她說：「可有興趣？」她也不客氣，可是咬了一口就眼圈一紅掉下了兩滴眼淚。我給她一包紙巾，她抹乾眼淚強忍着吃了那件三文治。

吃完午餐，我提議到外面走走。我們走進了學校附近一個小公園。公園裏人不多，有老人拿麵包屑餵鴿子。我們在樹蔭下一張椅子上坐下。

「你知道我為什麼不喜歡大陸人？」她忽然問。

我搖頭。

「我阿爸在大陸包二奶，我的家被大陸人破壞了。」

我無言。

「最近阿爸催逼媽媽跟他離婚，媽媽看不開，燒炭自殺了。」

「現在怎樣了？」我緊張地抓着她的手問。

「人被救回了，但醫生說腦部受到損害，恐怕有後遺症。」

「你爸爸有沒有回來？」

「回來過一趟，警察向他問話。」

「他怎麼說？」

「他說：呢個女人好蠢！」

「你爸現在呢？」

「佢叫我去跟婆婆住幾日，等阿媽出院再說。」

「你心情點呀？」我覺得自己問得很笨拙。

「我憎阿爸，憎那個大陸女人，憎我阿媽！」

「點解憎你阿媽？」

「佢唔錫我！佢錫我就唔會自殺！」

我不知怎樣安慰翹翹，我緊緊地抱着她，心中對她無限憐惜。她一定感到自己一無所有，因為這世上似乎沒有人當她是一回事，她看不到有誰真正愛她。這是最貧窮的感覺。

母女

昨天放學時，翹翹對我說，她母親明天出院了，走路還要人扶。留在醫院的東西不少，問我可不可以去幫忙。我說明天是星期六，不用上課，當然可以呀！於是我們相約今天上午十一時，在醫院大堂等。

我從家裏帶來了三個橙，比翹翹早到了五分鐘。

翹翹跟她的婆婆同來。老人家看上去有七十歲了，穿得整整齊齊，腳步也很利落。她一見我就對我說多謝。

翹翹領我們進了病房，她母親已換好衣服，呆呆的坐在牀上。當她見到母親和女兒時，沒有說話，眼淚卻撲拉撲拉的掉下來。

翹翹的眼睛也紅了，走上前叫了聲媽，就緊緊抱着她，把頭埋在她胸前。她母親輕輕撫着翹翹的頭髮，不停的說：「對唔住！對唔住……」這時翹翹忍不住哭出聲來。

婆婆讓翹翹哭了一會兒，就對她說：「你去付錢，我來收拾東西。」

翹翹抹乾眼淚，去結賬了。我走近翹翹的母親，送上水果。我說：「我是翹翹的同學，祝你康復出院。」

「要你破費，多謝！」她勉強對我一笑。

「阿女，」婆婆一面執拾東西一面說，「今次你大步『檻』過，下次冇咁傻啦！」

翹翹的媽媽又開始流淚。

「你咁做，對翹翹好唔公道[illegible]ㅋ。」婆婆又說。

翹翹的媽媽不響，只是抹眼淚。

「你阿爸拋棄我們兩仔乸個陣，你得九歲，我一樣辛辛苦苦養大你，花咗幾多心血！你居然想一走了之？我個心幾

痛……」婆婆說到這裏聲音都變了。

「對唔住！對唔住……」翹翹的媽媽喃喃的說。

這時翹翹回來了，她還推了一輛輪椅進來。

我陪伴她們乘的士回家，翹翹打電話叫了外賣，她媽媽吃粥，我們吃炒粉麵，然後我就告辭回家了。

回到家裏見爸爸正在幫媽媽按摩，她的肩膀有點酸痛。媽媽閉着眼睛，很舒服的樣子。

我忽然覺得，我是多麼的幸福。

積 聚

我來香港不久，就發現我家附近有個怪人。

那人最常出現的是街角的休憩小公園，頭髮一餅一餅的糾結在一起。臉上一層黑色污垢，露出一排白牙。他身上的衣服左拉右扯，褲子上有一個大洞，露出部分屁股，使許多女孩子不敢看他。他獨佔公園一張長椅，一般情況下都很靜默。他隨身携帶大包小包，揹着、提着、拖拉着，看樣子十分吃力，那些膠袋、布袋、紅白藍袋卻不曾見他打開過，總讓這些「家當」圍繞着自己，還有部分放在天橋底，但不時便會被市政人員移走。不過不用多久，一袋袋「物資」又會出現。

* * *

我們的包租婆姓陶，聽媽媽說粵語長片中有一個專演包租婆角色的叫陶三姑，於是我們也半開玩笑的叫她三姑。

有天三姑跟媽媽說：「好像好幾天沒看見楊婆婆了。」

楊婆婆住在我們樓上，據三姑說，她是獨居老人，兒孫都已移民，幾年才回來一趟。楊婆婆有一個嗜好，就是喜歡積聚物件。我不止一次在樓梯上遇見她，每次她手上都拿滿東西，舊書、舊雜誌、舊玩具、毛公仔、舊檯燈、黑膠碟、行貨掛畫、空酒瓶、空香水瓶……

三姑說，楊婆婆家裏已堆得滿滿的，只剩下她睡覺的半邊牀和一條窄窄的通道。

每年快過年時，三姑會蒸幾底蘿蔔糕，照例切四分一拿上去送給楊婆婆。但今年上去兩次，揿鐘都無人開門。三姑的嗅覺退化，但依稀仍聞到一陣臭味。

她回來跟我們商量後決定報警，警察很快便來到，在門外又敲門、又呼喚，始終無人回應。開鎖專家打開了門，門一開，一陣臭味撲鼻而出。警察進去後不久，黑箱車便應召到場，把包裹着的屍體運走了。

像那精神有問題的露宿者一樣，楊婆婆用積聚物件來填補內心的空虛;但物件堆滿一室，並沒有使她感覺生活充實。

我想：那些坐擁資產幾百億的富豪，不但自己用不完這許多錢財，幾代甚至幾十代的子女也可以享受豪華的生活了，為什麼仍然要貪婪地積聚呢？流浪漢和獨居婆婆都有精神問題，億萬富豪的心理狀態又是否正常？

剩 飯

我們一家很少外出吃飯，當然是為了省錢。

我們覺得每間餐廳和茶樓的東西都好吃，因為我們的嘴不刁。

偶然外出吃飯，媽媽的原則是寧可少叫一些東西，也不要吃剩許多。即使吃剩，也一定打包帶走，連吃剩的小半碗白飯也不放過。她不浪費店舖的發泡膠盒，自己帶了搪瓷或玻璃器皿來。

這天爸爸接到一單清潔工作，替一間寫字樓裝修後清潔現場。工作量很大，爸爸動員全家投入。剛好是星期天，我和弟弟都不用上課。

很少機會全家總動員，所以我和弟弟都很興奮。我們由上午八時做到十二時，休息一小時，下午繼續開工。

正午我們走進一家茶餐廳，因為不是旺區，有空桌子。

爸爸點了星洲炒米，媽媽點了豉椒炒河，兩樣都辣辣的醒胃。

茶餐廳效率高，不到十分鐘，兩碟熱騰騰、香噴噴的炒米、炒河捧了過來，夥計自動送上四隻小碗，醒目！

我們的鄰桌是兩個少男和一個少女，該是中學生。星期天他們沒有穿校服，一人點了一個餐，我聽他們叫夥計落單，要的是焗豬扒飯、粟米斑塊飯、三絲炆米。他們各吃各的，但似乎都不大欣賞茶餐廳的食物，有說豬扒太硬，有說斑塊太少，有說炆米太鹹。當我們把兩碟吃個精光時，他們每人吃不夠一半就放下了。

大概他們之後還有活動，不久就叫夥計埋單走了。這邊廂他們剛離座，忽然有一個穿着襯衫西褲、約三十歲的男人拿着一杯飲品坐到那張未收拾的桌上去。他原先坐在另一桌，叫了一杯飲品，我們沒有留意。

他熟練地把吃剩的三碟食物併成一碟，拿出自備的餐匙，大口大口的吃起來。他很快便吃完，離座到收銀處結了那杯飲品的賬，便推門走了。

店裏的夥計似乎對這位顧客的行徑已見慣不怪，像平常一樣去收拾那張桌子。

我和弟弟看得呆了，看他穿得整整齊齊的，卻要來餐廳吃人家的剩飯。為了省幾十塊錢，面子都顧不上了。

「世界艱難呀！」媽媽歎道。

「想不到香港也有這樣的窮人。」爸爸說。

我帶點唏嘘地說：「他這樣做還真需要一點勇氣。」

「飢餓會使人不顧一切。」爸爸說。

步行

我們學校開始有電腦學習課，是當作課外活動的一種，可自由參加的。

我和弟弟都報了名。

其實大部分的同學家裏都有電腦，即使沒有私人的，也可以借用爸媽或哥哥姐姐的。電腦技術進步很快，哥哥姐姐更換電腦，就把舊電腦當玩具給弟弟妹妹玩。

我家沒有電腦，要練習可以到學校電腦室或公共圖書館去，但就無法隨時跟同學通電郵和在網上聊天了。

學校的電腦導師對我們說，學校準備更換新電腦，舊電腦可以送給同學，參加電腦班的可以優先申請。想不到申請的人並不多，因此我和弟弟都分到一部。

起初這兩部舊電腦可以應付我們的需要，隨着我們電腦技術的進步，就嫌它的功能太少。我們想一人換一部新電腦，又不想增加爸媽的負擔。

思考的結果，是我們決定不乘公車，改為步行上學和回家，希望把車錢節省下來，再加上我們現有的儲蓄來買新電腦。

最大的改變是我們要早一個小時起牀。

第一天實行我們校了鬧鐘，預算步行時間約四十五分鐘，所以要比平常早三十分鐘出門。

不幸的是第一天就是下雨天，而且風很大。媽媽給我們一人一把傘，回到學校時，下半身都濕了，而且一踏進校門就打上課鐘，差點就遲到，以後下雨天要更早出門呢。

步行三個月之後，我們檢討成績，發覺有以下收穫：

一、我們安裝了新電腦，電腦功能大有進步，對做功課很有幫助。

二、弟弟本來有少許超重，三個月輕了八磅。

三、我們的步速快了不少，三十八分鐘可以抵達學校。

四、原來我們的副校長也是步行返校的，我們常在路上碰見他。他是植物學專家，沿途告訴我們許多樹木花草的知識。

班上有同學發現我們步行返校，認為有趣又有益，其中陳大可比我們住得遠，他要多行十五分鐘，但也加入了我們的步行小組，現在與我們同行的已增加至八人了。大家說說笑笑，不知不覺便回到學校了。

勞苦一生

天未亮，就聽到大門外有窸窸窣窣的聲音，我們知道是倒垃圾的時間了。

倒垃圾的婆婆大約六十多歲，據她自己說，倒垃圾已經倒了二十多年了。

她有一子一女，女的嫁去澳洲，兒子做貨車司機，來往中港之間，這是她丈夫的老本行。她四十歲那年，丈夫在一場交通意外中喪生，留下兩個十來歲的孩子，就靠她倒垃圾養大。

倒垃圾要很早起牀，她負責五棟大廈共一百多伙。其中有三棟是唐樓，沒有電梯。她由頂樓一層層倒下去，由淩晨三四點倒到七點。

「我個仔細時好乖，不用上學那天他會幫手，倒完垃圾沖完涼再瞓過。」

她有一部很大的手推車，集齊六七籮垃圾之後推去垃圾站，每天她要走三轉。

早上七點之後她就比較輕鬆了，把她收集到的舊報紙、汽水罐、酒瓶送去廢物回收站換錢。這時她會跟經過的住客聊天。

「幾時添孫呀？」媽媽問過她。

「個仔在深圳有頭家，新抱在百貨公司做售貨員，二人世界，不想有孩子。」

「現在的後生仔個個都係咁。」媽媽說。

「有冇想過退休呀？」媽媽見她身上好幾處貼了止痛膠布，腳又有點跛，上斜有點力不從心。

「唔做都得，不過一個人無所事事都好悶嘅。」

房東太太說她沒有多少積蓄，兒子在深圳買的樓是她付首期。她鄉下還有一個傷殘弟弟，獨自生活。另一個弟弟早死，留下弟婦和一個幾歲大的侄兒，都靠她接濟。

怪不得她如此勤力，每個月幫我們大廈洗一次樓梯，但辛苦錢都匯去內地。

房東太太和馬太都說她傻，認為她那些親戚貪得無厭，一會兒說修房子，一會兒說看醫生，都打她的主意，她吃捨不得吃，穿捨不得穿，幾年回去一次，人人都有利是，帶回來的不過是梅菜、菜乾，不值錢的東西。

看到婆婆愈來愈傴僂的身影和上斜坡吃力的樣子，我想到她一生辛苦，為的都是旁人，她是不是真的有點傻呢？

媽媽做校工

爸爸的寫字樓清潔工作，情況時好時壞。

一間公司捱不起貴租，結業了。另一間搬去新界，縮減皮費。爸爸連失兩個主顧，收入大受影響。

媽媽卻找到了一份新工作，她認為理想。第一收入穩定，第二工作並不辛苦，主要也是做清潔，第三是不必開夜工。

媽媽找到這份工作我本應歡喜，但我卻歡喜不起來，因為她是在我就讀的學校做校工。

我們學校有好幾位校工，男的我們叫他某叔，女的我們叫她某嬸。

媽媽的名字裏有個「菊」字，定是被人叫「菊嬸」了。

我們班有個女同學叫陳麗芬，她母親在我們學校教英文，大家叫她 Mrs Chan，而我的母親卻是「菊嬸」，這相差太大了，使我難堪。

媽媽的上班時間比我們上學早，我在學校裏從不找她。有一次媽媽在小食部當值，弟弟去買汽水，媽媽對他說：「你咳還飲汽水？」立時有同學問弟弟：「佢係你邊個？」弟弟立時說：「我阿媽。」同學打趣說：「你發達囉，食雪條唔使錢囉！」情況剛相反，弟弟氣管敏感，吃冷凍的東西會咳，只要媽媽在小食部當值，弟弟就不敢買雪糕雪條。

消息傳得快，我們班已經有兩個同學問我：「菊嬸係你阿媽？」我無奈說是。她們同樣說：「你似佢。」我心想：唔認都唔得啦！

今天第一節是英文課，是 Mrs Chan 的課。陳麗芬上課時如果有問題，從來不會叫她「阿媽」，而是跟我們一樣叫她 Mrs Chan。上課上到一半，突然聽到哇的一聲，課室裏充滿酸臭味，原來是何巧兒嘔了一灘在地上。她今天帶病上課，回來時已戴了口罩。

「陳麗芬你帶何巧兒去漱口，之後送她去保健室休息。班長去辦公室請書記先生派人來清潔課室。」Mrs Chan 說。

我開始祈禱：「希望不要派阿媽來。」

班長回來不久，有人在課室門口出現，並且輕輕敲門。她戴着膠手套，一手拿水桶，一手拿地拖，不是阿媽是誰！

Mrs Chan 請媽媽進來，有人小聲說「菊嬸」，有人小聲對我說：「黃志芬，你阿媽！」此人真無聊，難道我連阿媽都不認得？可是我的耳朵紅了。

媽媽很快弄乾淨了地下，離開課室前 Mrs Chan 謝了她。講課繼續。

這事回到家裏我誰也沒有提。我知道職業無分貴賤，Mrs Chan 和媽媽同樣是幹一份工作，但不知為什麼我還是覺得羞愧。我討厭自己耳朵會紅，這是對媽媽不起。可是耳朵會紅，卻不由我控制啊！

意外

弟弟這幾年長得很快，本來我比他高一個頭，轉眼間他已跟我一樣高了，看來不用等到明年，他會比我更高了。

媽媽知道他高得快，所以幫他買褲子的時候，總要買長一點。媽媽會把褲腳摺在裏面，輕輕縫上，燙好，看不出來。

我知道這褲子弟弟可以穿三年，第二年把摺進去的褲腳放下，第三年把褲子原有的「紙口」也放下，這時褲子已短得「吊腳」，屁股和膝蓋的位置也開始破爛了。媽媽說從前有句老話：「新三年，舊三年，縫縫補補又三年。」一件衣服要穿九年呢。

褲子長點短點不是問題，媽媽替弟弟買波鞋也要買大一至兩個碼，那就有點過分了。媽媽說：把鞋帶拉緊點就不會掉下來。

穿大兩個碼的鞋子平常不覺得怎樣，一到運動比賽就影響成績。那次弟弟做接力賽選手，跑第四棒，同學發覺他的波鞋太大，不用比賽的同學便跟他交換鞋子穿，結果獲得冠軍。弟弟把獎牌送給那位同學，說：「榮耀歸於你的波鞋。」

弟弟是個足球迷，幾乎每天放學後都會跟同學們到學校外的公園踢球。

這天是小虎隊與飛鷹隊友誼賽，弟弟是小虎隊的前鋒。

比賽打到 2：2 賽和，加時再賽，球兒來到弟弟腳下，對方幾乎是空門。弟弟盤馬彎弓，大腳一送，球兒直向對方龍門勁飛過去，對方守門員搶救不及，球兒入網。歡呼聲未停笑聲又起，原來弟弟的一隻波鞋鬆脱了，飛向二樓課室的玻璃窗。樓下課室的玻璃窗是有鐵枝保護的，從二樓開始就沒有。但聽見嘩啦啦一聲，一扇窗的玻璃碎了，一些碎玻璃伴着那隻波鞋掉了下來。

小虎隊贏了球，但弟弟悶悶不樂，他怕學校要他賠玻璃。

不過教體育的張 Sir 讓他放心，因為他不是故意的，事情純屬意外，所以不用賠償。

弟弟回到家裏仍然不開心，平常吃兩碗飯今天只吃一碗。媽媽問他發生什麼事，他說沒事。他想退出小虎隊，免得再出糗事。

第二天他回到學校，盤算着怎樣向隊長提出退隊。其實他心裏很矛盾，因為他真的很喜歡踢球。一進課室班長就對他說：「黃志中，張 Sir 剛才找你，叫你去教師休息室找他。」

弟弟想：「難道玻璃窗還是要我賠？」

弟弟來到張 Sir 座位前，張 Sir 笑着遞給他一個鞋盒：「你們隊長說你穿七號鞋，尺碼不對可以自己拿去換。」

弟弟一時呆了，不知怎樣是好。張 Sir 說：「這是我們幾位老師，欣賞你踢球的表現，一同送給你的。」

弟弟望向老師們，見他們嘉許地向他點頭。

「多謝晒！」弟弟怕他們看到自己的眼淚，急急離開了教師休息室。

爸爸的期望

自從弟弟有了新波鞋之後，他對踢球更着迷了。

除了每日放學後練球之外，星期六、日也有足球活動。

他常常留意報紙上的足球消息，又在電視上看球賽。

期中試的成績表發下來，弟弟有三科退步，英文科更不及格。爸爸看了成績表之後，臉黑下來了。

「阿中，你過來。」爸爸說。

弟弟還在「睇波」。

「把電視關掉。」爸爸下命令。

弟弟還盯着電視，因為正在射十二碼。

「關掉！」爸爸一聲怒喝，把我和媽媽都嚇一跳。

弟弟垂頭喪氣地走到爸爸身邊。

「從今天起唔准踢波！」爸爸説。「睇你，科科都退步！踢波可以當飯食嗎？」

弟弟不敢吱聲。

「你以為個個都做到足球明星？一百個起碼九十九個都上不到位，比做大學教授還難！你知唔知道踢波唔踢得幾多年，五十零歲就要退休？」

弟弟還是保持緘默。

「阿爸冇用，我哋係窮人。你知道窮人靠什麼翻身？靠的就是讀書！自古以來就是這樣。舊時十年寒窗，考到功名就不必捱窮。如今你有機會讀書，知識可以改變命運。我哋黃家不想代代執垃圾、洗廁所，你哋要爭氣！」爸爸説得有點激動，我和弟弟都紅了眼睛。

成績表

媽媽斟了一杯茶給爸爸，爸爸喝了一口，神色緩和了下來。

「英雄莫問出處，」爸爸說，「你們知道以前律政司司長黃仁龍的爸爸是做哪一行的？」

「賣雪糕。」我聽過他的故事。

「係啦，雪糕小販，就在學校門口做生意，家境好不了我們多少。可是黃仁龍讀書用功，做了大律師，更被任命為律政司。還有現任特首梁振英，佢阿爸係普通警察，曾在港督府站崗，點估到個仔做到禮賓府嘅主人，靠的還不是勤力讀書！」

我想：爸爸說的都是少數突出的成功例子。從前低下階層有機會通過個人的努力，向上攀升，成為眾人欣羡的對象，但時代變了，現在上升的階梯是闊了還是窄了呢？

又有一個問題忽然在我心中出現，可是我不敢問：「爸，我們讀書的目的，是不是就為了升上另一個階級呢？升上另一個階級是不是就一定快樂呢？」這個問題放在心裏好了。

* * *

在弟弟告訴張 Sir 爸爸不許他繼續踢球的第三天，張 Sir 約爸爸做了一次家訪。

爸爸很緊張，一早收拾地方，泡了茶，又準備了西餅。

張 Sir 準時來到，他還帶來一袋蘋果。

爸爸首先多謝老師們送波鞋給弟弟，張 Sir 說弟弟夠氣夠力，腳法又好，是難得的足球人才。

爸爸說弟弟從內地來，英語水平比人差，再不努力恐怕升班也有問題。比起讀書，踢球究竟是次要的事。

張 Sir 有備而來，他說弟弟可以減少練球時間，一星期放學後只練兩天，餘下的三天中，可抽兩天參加英文老師 Mrs Chan 為英文科不及格的同學舉辦的補習班。星期六、日只在公開賽之前舉行集訓，平常就不練了；總之希望弟弟能多放時間在功課上。

爸爸問張 Sir 補習英文要收費嗎？張 Sir 說 Mrs Chan 是義務幫助同學，不收費的。

爸爸鬆一口氣，說：「那真要多謝陳老師了！」

弟弟立刻歡喜地說：「你准我繼續踢波了？」

爸爸轉頭還是板着臉說：「你下次再不及格，踢波還是要停。」

弟弟伸一伸舌頭，表情是歡喜的。

張 Sir 告辭後，爸爸對媽媽說：「這間學校的老師倒是挺盡責的。」

註：學期末考試，弟弟的名次跳升十名，英文科也及格。

尊 嚴

班主任 Miss Lee 很鼓勵我們閱讀，她說精神食糧和物質食糧同樣重要，但在我們的社會，精神食糧很便宜，也很容易獲得，你不享用是你自己的大損失。

她鼓勵我們多去公共圖書館和學校圖書館借書，還一本借一本，不要讓他停。

每個星期她都用週一的班主任課來講讀書心得。上星期她出了一個題目給我們，要我們介紹一則「貧窮與尊嚴」的故事。

Miss Lee 並不強迫，她鼓勵大家自告奮勇。

今天第一個舉手的是陳大可。他說：

春秋時代，齊國大饑荒，到處都是饑民。有一個叫黔敖的富翁，在路邊擺設了一個賑災站，讓飢餓的人來喝一碗粥，吃個饅頭。

這天，來了一個衣衫襤褸的漢子，看他已經餓得搖搖晃晃，黔敖一手拿吃的一手拿喝的對他說：「喂，拿去吃吧！」說真的，語氣並不太禮貌。

想不到那人竟輕蔑地斜眼看黔敖說：「我就是不肯接受這種無禮的施捨，才淪落到如此田地。」說完便頭也不回的走了。

黔敖急忙追上去向他道歉，但那人始終不肯接受，後來竟餓死了。

在古文中，黔敖的語氣是「嗟！來食！」從此後人把不禮貌的招待稱為「嗟來食」。

為了做人的尊嚴，這漢子寧願餓死。

這時何翹翹舉手說：「既然人家道了歉，就不要太固執了嘛！」

Miss Lee 微笑回應：「孔子的學生曾子聽了這個故事也說，人家無禮的時候可以走，人家道歉了可以吃。翹翹，古人的意見跟你一樣呢。」

到任巧文舉手了，她說：

《愛的教育》上有一個故事很使我感動。一個十一歲的意大利少年，被父母賣進馬戲班，一直受到虐待。當馬戲班去到西班牙時，少年逃了出來，到意大利領事館求助。領事同情他，送他上一所法國郵輪還鄉。

船上的遊客對這衣衫襤褸的少年很好奇，有人打探他的身世。他的遭遇引起同情，好些人贈送他一些零錢，他也樂意接受，準備買點好吃的東西，又可以留點錢給爸媽，博取好感。

這天晚上，他聽到艙房外的餐廳，有幾個遊客在高談闊論，有人說意大利的旅館管理不善，有人說意大利的火車經常誤點，有人說意大利是一個土匪國家，有人說意大利的官員都是貪官，有人說意大利人質素低、愚蠢、自私……

他們的批評還沒有完，忽然一大批銀幣、銅幣像冰雹一般落到他們的頭上肩上，當他們憤怒地舉頭看時，又一批錢幣飛擲到他們的臉上。

「拿回去！」少年在艙房門前對他們怒叫，「我不要侮辱我們國家的人的東西！」

「貧窮的少年為國家的尊嚴，放棄對他極有用的金錢，作者稱他為少年愛國者，我也尊敬他。」任巧文說。

「說得好！」Miss Lee 點點頭。

「我想說一個相反的故事。」錢思慎舉手，Miss Lee 說：「好呀。」

錢思慎說的故事在《孟子》裏，話說齊國有一個不務正業的人，他其實是個窮光蛋，卻娶了一妻一妾兩個老婆。他每天外出回來，都打着飽噎，說是有社會名流請客，吃得他酒醉飯飽，有時他還會帶一些食物回家給妻妾分享。

日子久了，妻子終於起了疑心：他說他交往的非富則貴，為什麼總沒有人到家裏探訪？於是有一天，妻子尾隨丈夫外出，一直跟他來到郊外，去到一處墳場。她見丈夫去有人拜祭的墳地，向人家乞討祭祀用過的食物。一處吃不夠，又去另一處。感到羞辱又傷心的妻子趕在丈夫前頭回家，告訴那小妾真相。二人正為丈夫的無恥和沒出息相擁痛哭時，丈夫施施然回來了，說：「今天的聚會可熱鬧啦，城裏有名有地位的人都來了！」

錢思慎清一清喉嚨作總結：「貧窮不要緊，窮而要涎着臉乞討，還要在妻子面前裝闊，那就太不顧做人的尊嚴了。」

Miss Lee 回應：「孟子說這故事，是諷刺那些為求一官半職，厚着臉皮向權貴乞討的人。」

這時玲玲舉起手，用她好聽的聲音說：

晉朝大詩人陶潛，即是陶淵明，他曾在一處叫彭澤的地方做縣官。有一天他收到通知，說上司要來巡視了。陶潛知道這個上司是沒有學問的草包，歎息道：「我能為了這五斗米微薄的薪俸，向一個鄉里小兒卑躬屈膝嗎？」於是便交出官印，辭職回鄉耕田了。

陶淵明回鄉過的生活真的很窮，他在《五柳先生傳》裏形容家中什麼都沒有，房子破舊，不能擋風遮日，衣服破

爛，鍋裏碗裏都是空的。但他活得很開心，因為他活得有尊嚴。

玲玲剛說完，下課鐘便響了。Miss Lee 說：「同學們都說得很好，我見大家聽得很專注，一定引起不少思考。貧窮這題目還可以繼續做，大家試找一些『貧窮與關懷』的文字，下星期介紹給大家好嗎？」

好幾個同學說：「似乎很難啊！」

Miss Lee 微笑說：「試試看！給大家小小提示：詩人杜甫、白居易、李紳較多這方面的作品。」

關懷

一個星期很快便過去，鼓勵閱讀的班主任課又到。

Miss Lee 上次定的閱讀題目是「貧窮和關懷」，並且叫我們留意杜甫、白居易、李紳三位詩人的作品。

Miss Lee 先簡單介紹三位詩人的背景，三位都是唐朝人，杜甫身處唐朝由盛轉衰的時期，經歷過安史之亂，走過苦難，經歷過極端的貧困，小兒子亦在這期間餓死，他曾發出「朱門酒肉臭，路有凍死骨」的控訴。白居易與李紳是中唐詩人，而且同年生、同年死（772-846），兩人曾在詩歌上有唱有和，又都關心民間疾苦，許多作品成為名句。

到介紹詩人作品時，我第一個舉手。我說：

杜甫曾在成都浣花溪邊搭建過一間茅屋，終於有了棲身的地方。

有一年的八月，刮起大風來，把茅草屋頂都掀翻了，茅草吹得滿天都是，又掉下來到處翻滾。杜甫本想執拾一些回家，卻來了一羣孩子，把茅草抱起拿回家去，無人理會杜甫的大聲呼喊。

風停了，杜甫無奈回家，天空黑雲密布，沙沙的下起雨來。掀了頂的茅屋到處漏水，整晚沒法睡覺。

在這樣惡劣的困境下，杜甫忽然有個願望，就是希望出現千萬間大屋，讓天下窮人都有棲身之所，再無須害怕風風雨雨。杜甫還說：「什麼時候在我眼前出現這樣的大屋，就算我仍要冷死在我的破房子裏，也會感到滿足。」

我還把杜甫這首《茅屋為秋風所破歌》的最後一節朗誦了一遍：

「安得廣廈千萬間，大庇天下寒士俱歡顏，風雨不動安如山！嗚呼！何時眼前突兀見此屋，吾廬獨破受凍死亦足！」

輪到馬超羣舉手了，他說他想介紹的也是杜甫：

杜甫的草堂前有幾棵棗樹，每年都結了棗子，杜甫沒興趣打來吃。住在草堂西面的是一個窮困的無依無靠的婦人，到棗熟時，她便拿一根竹竿，戰戰兢兢的過來打棗。杜甫知道她怕主人家不許，所以故意躲着不出來。

後來杜甫搬家了，把草堂頂讓給一個姓吳的親戚。這位姓吳的新屋主，一搬進去就在屋旁疏疏的種了籬笆。杜甫知道之後就寫了一首詩給這位親戚，希望他體念這位窮困婦人的處境，讓她可以繼續安心過來打棗。

從這件小事上可看到杜甫對貧苦百姓的關懷。

這時陳大可舉手說白居易是他的偶像，會背他的《琵琶行》和《長恨歌》，他說在唐朝詩人中，白居易繼承了杜甫關懷民間疾苦的傳統，寫了許多為窮苦人民發聲的詩。

有一首叫《采地黃者》，窮苦的農民因惡劣的天氣農作物失收，只得去掘一種叫地黃的藥材，給有錢的人家餵馬。馬吃了地黃毛色潤澤，農民希望換取馬吃剩的殘粟，可以餵飽一家的飢腸。這是說人不如馬。

他有一首《賣炭翁》讀了也很令人難過。一個貧窮的老人家，在山上伐木燒炭，辛辛苦苦的燒了一車炭到城裏賣，希望能換取衣裳和食物。他穿得單薄，卻盼望氣溫下降，讓炭可以賣到好一點的價錢。誰知他那一車炭，卻被皇宮派出的採辦員強行徵去，千多斤的炭只換得半匹紅紗一丈綾，大大低於炭的價值。老人家欲哭無淚。

班上最畏羞的李淑冰一直沒有發言，Miss Lee 說：「李淑冰，你讀到什麼好詩好文章嗎？」

李淑冰未開口先臉紅，她說李紳的名氣不及杜甫、白居易，但他有兩首《憫農》詩是很被傳誦的：

春種一粒粟，秋收萬顆子。四海無閒田，農夫猶餓死。

人們要問：勤耕和豐收，農夫還要餓死，糧食去了哪裏？

鋤禾日當午，汗滴禾下土。誰知盤中飧，粒粒皆辛苦。

這「粒粒皆辛苦」，爸爸用來教我們不要糟蹋米飯。

Miss Lee 說：「為貧苦大眾發聲是中國文人的優良傳統，造成貧窮的原因之一是財富分配的不公平，在古典詩文中已有不少反映。勞動者不能享受勞動的成果，是一個普遍現象，宋朝兩位詩人都指出這一點。」

梅堯臣的《陶者》說：

陶盡門前土，屋上無片瓦。十指不沾泥，鱗鱗居大廈。

張俞的《蠶婦》說：

昨日入城市，歸來淚滿巾。遍身羅綺者，不是養蠶人。

「當代社會的貧富差距過大，貧者愈貧，富者愈富的問題，是很值得我們注視和思考的。」Miss Lee 作最後總結。

廁所

媽媽做校工超過半年了，從來沒有在我們面前說過工作辛苦。

她說最忙的時間是在放學後，全校的校工要清掃二十四個課室、五個特別室、兩個教員休息室、一個露天操場、一個大運動場、一個校長室、一個校務處、一個醫療室、一個茶水間、兩個教師專用廁所、六個學生廁所、大門入口處和所有走廊。除了掃地，還要抹黑板、抹書桌桌面。每逢週末要洗地，窗玻璃要輪流抹，每三個月最少輪到一次。

學生放學時間是三點半，他們要五點半才下班。

有一天我和弟弟步行回家，弟弟悄聲對我說：「你知道阿媽最近分配到什麼工作？」

我說不知道。

「洗廁所。」弟弟無奈地說，「今天我肚子有點不舒服，上課時要求去廁所。到了廁所，見門外放着『清潔時間，暫停使用』的牌子。我剛想離開，媽媽拿着水桶、地拖從裏面出來了，她還問我為什麼上課時間來廁所，我告訴她肚子有點疼。」

弟弟見我默不作聲，他又說：「廁所又髒又臭，要媽去做，我真捨不得。」

我見弟弟的眼睛紅了，我的鼻子也酸酸的。

「不如跟爸商量，替媽另找一份工作。」弟弟說。

回到家裏媽媽還沒有下班，爸爸還未上班，正在準備今天的晚飯。我覺得這是跟他商量的好時機，便把我跟弟弟的想法說出來。

爸爸正在洗媽媽最喜歡吃的鯇魚，微笑道：「你們媽最近分派去洗廁所的事我知道，她說工作是輪流替換的，大家都

清潔時間
暫停服務

會輪到。她說她感覺無所謂，還說文革時她父親也被罰洗廁所，她父親，即你們的外公，努力把工作做好，把廁所洗刷得乾乾淨淨，受到大眾表揚。」

既然媽媽不介意，我們也無話可說。媽媽放工回來，弟弟主動要替她按摩，飯後，我也主動執碗洗碗，當做對母親的補償。

過了幾天，我們一家吃晚飯時，媽媽笑着說：「今天我被表揚了。」

「誰表揚你？校長？」弟弟等不及的問。

「不是校長，是官。」

「是呀，」我說，「今天上課時我也見有人來參觀學校。」

「今天下午，我正在收拾小食部，書記來叫我，要我到校長室去。」媽媽替自己夾了一塊雞，不緊不慢的說，「校長室除校長外還有兩男一女，共三位客人。」媽媽開始扒飯。她總是這樣，你急她不急。

「校長替我介紹：菊姐，教育局的督學先生要見你，這位是

吳督學，這位是陳督學，這位是鄺督學。」

「那帶頭的吳督學站起來跟我握手，他說：菊姐，你打理的學生廁所真乾淨，一點氣味也沒有。我們去過一百多間學校，你們是最清潔的一間。」

「媽，那你怎麼回答？」弟弟問。

「我能有什麼回答？」媽媽又夾了一箸菜，「話『多謝』囉！」

媽媽頓一頓，繼續說：「其實我有點驚。」

「驚什麼？」我問。

「驚校長叫我以後專職打理廁所，維持他冠軍廁所的美譽囉。」媽媽故意皺着眉頭說。

書架

我擁有的課外書愈來愈多了。有兩本是獎品，包括作文比賽得到一本豐子愷的《緣緣堂隨筆》，我看了好幾遍了，很喜歡他的親切和幽默；朗誦比賽得到一本冰心的《寄小讀者》，我喜歡她感情的真摰、文字的優美。生日那天弟弟送我一本幾米的繪本，他知道我是多麼喜歡幾米的作品。早前公立圖書館賣舊書，便宜到只賣一折，我買了魯迅的《吶喊》、白先勇的《台北人》、巴金的《隨想錄》，還有古典小說《紅樓夢》、詩歌經典《唐詩三百首》。

《唐詩三百首》是我翻得最多的一本，我已讀熟了《長恨歌》，《琵琶行》會背一半。

我沒有書架，所有的書暫時放在兩個即食麪的紙盒裏。

有一天爸爸放工帶回來二十多本書，他說是一個準備移民的人丟出來的，他已挑選了一下，帶回來再讓我挑。

我揀了一本中文字典、一本英文字典、一批英文故事書、一套《四書》、《古文觀止》上下冊。紙盒放不下了，就堆在紙盒外面。

我曾經去過一些同學的家，他們的家都比較寬敞；因為寬敞才邀請同學回家吧。若是我家，同學來了，就沒處可坐。

不同的同學家有不同的陳設，我見過整櫃的水晶小擺設，亮晶晶的閃着光。我見過滿架子的老爺車模型，是同學爸爸自己砌出來的。我見過滿窗台不同的仙人掌，有的還開着花。我只見過一個人家裏有書架，紫檀色的，有十多呎闊，上面整整齊齊的放着一套套硬皮精裝的書，有《大英百科全書》，有《二十四史》，有《資治通鑑》，有《本草綱目》。

同學悄悄的告訴我：「都是爸爸買的，但從不曾見他拿下來翻過。」

給我印象最深的是 Miss Lee 家中的書架，她的書架比衣櫥大，書放得很整齊，再有新書便沒處放了。Miss Lee 說，所以她現在買書很小心，首先考慮的不是書價而是書架的空間。她挑選了一批書歡迎大家拿走，因為拿走了才有空間放新書。我隨意拿一本翻翻，見上面做了不少記號。再拿第二本，也是一樣，看來書架上所有的書她都看過。

Miss Lee 說，只要她看到自己滿架的書，她就覺得自己很富足。

＊ ＊ ＊

今天爸爸托回來一個舊書架，窄窄長長，正好放進柱旁一個凹位。這也是人家丟棄的，他早有尺寸在心中，見合適就搬回來了。我把書架抹乾淨之後，把我的書一本一本放上去，結果六格放滿了三格。我把我的小毛熊坐上去，弟弟把他的運動獎杯擺上去。看到那三排整整齊齊的書，記起了 Miss Lee 的話，我也覺得很富足。

今天放學回家，見書架空出的一格多了幾本書，我走近看看，一本是《獸醫病理學》，一本是《獸醫產科學》，一本是《獸醫臨牀診斷技術》。原來爸爸還沒有忘記他的本行，路遠迢迢的把參考書帶了過來。如今他幹的卻是與本行無關的低技術工作，他究竟有什麼想法？他感到難過和不甘心嗎？這個說話不多的男人，誰真正了解他的內心世界？

經歷

每個月第一個星期一，學校都會舉行一次早會。除了由本校老師主講外，也會請一些外賓來演講。

這個星期的預告是《富足人語》，嘉賓的名字叫徐又強，我以前沒有聽過他的名字。

看題目我以為我會見到一位面圓圓、笑嘻嘻的中年人，結果來的卻是一位精瘦的、頭髮全白的老人家。

校長介紹嘉賓時說：「徐老先生今年八十五歲，經歷過抗日戰爭、國共內戰、大饑荒、文化大革命、偷渡……徐先生做過十六種不同的工作，退休之後做了二十年義工，人生經歷十分豐富，他認為自己是一個十分富足的人，因為很

少人有他這樣的「幸運」。

徐老先生中氣十足，不用講稿，一講就是四十分鐘，他說他的經歷太多，一言難盡。今天他要講的是「飢餓的滋味」，那是 1959 至 1961 年，他在四川一個小城市教書，因為國家的政策出了問題，糧食緊張，店舖裏已經完全沒有食物出售，所有牲畜連貓狗都吃光了，後來捉雀鳥捉老鼠來吃。人吃人的事也言之鑿鑿。

人餓得有氣無力，只能癱在家裏等死。據官方事後的公布，那幾年餓死的人達到三千多萬，更有學者計算出來是四千五百萬人，是香港人口的六倍之多。

學校已經沒有學生上學，他有一個要好的女同事，爸爸是獵戶，有一天到學校來帶女兒走，女兒要求帶她相愛的男同事一齊走。

女兒的爸爸帶他們走進了深山，在雲霧繚繞的隱蔽處有一個山洞，洞裏有牀鋪和日常生活所需。山洞裏還儲藏了一些醃製過的肉食。他們繼續在山頭捕捉一些野狼、狐狸之類的小獸，又到山溪裏捉魚，在樹上摘野果。

說實在，他過的生活實在不差，空氣好，有勞動，身體比飢餓前還要好。

他學會了感恩，感謝女同事帶他同走，感謝女同事的爸爸收容他，感謝上天賜給他飲食。他摘果時感謝樹，撈魚時感謝溪澗，打獵時對被捕的獵物深致歉意，並且為自己的偽善深感不安。

女同事的爸爸半個月下山一次，帶點獵物換些生活必需品回來。

他們在山上住了兩年，山下生活有點好轉，女同事的健康卻出了問題，全身骨痛，一天比一天消瘦。他們決定下山求醫，可惜在還未確診患了什麼病之前，她已經去世了。

後來他離開這個小城，返回故鄉，那又是另一個故事。不過有了這次經歷，他從不會說任何食物不好吃，他總是歡歡喜喜的吃個乾乾淨淨。

經過多年輾轉，他來到香港，即使收入不多，仍覺物質生活過分豐富，他為自己定下規條，保持樸素生活，把剩下的錢去幫助有需要的人。他不匱乏，還能幫助人，因此他

覺得自己十分富足，自稱「富足老人」。

我跟他相反，時常覺得自己是窮家女，有個窮爸爸，有個窮媽媽，過的是貧窮日子，沒有 iPad，沒有 iPhone，要穿人家的舊衣服。聽了徐老先生的話，我才知道：其實我已很富足。

火災

復活節假期，我和弟弟在家，媽媽要回學校上班。

我正在寫讀書報告，媽媽打電話回來，說附近一棟舊樓火燭，有五、六十個災民，借我們學校的禮堂暫住，急須義工協助，問我和弟弟可不可以去幫忙，我連忙說好。

弟弟本來約了同學練球，但救災重要，打電話推了。

我與弟弟急急回到學校，見禮堂鋪滿地蓆，人頭湧湧，都是災民。有些老人家埋怨躺得不舒服，在呻吟；有些小孩子跑來跑去，嘻笑追逐，根本不知道發生什麼事；有兩個嬰兒不知是不是肚餓，大聲啼哭。

社署有攤位為災民登記，街坊會也派了人來。我和弟弟向

媽媽報到。媽媽派給我的第一個任務是帶兩個母親去學校茶水間沖奶，奶粉是社署供應的，那裏有熱水。兩個 BB 有奶吃，立時不哭了。

餵奶時我跟兩位母親聊天，原來她們都住在那棟大廈的所謂「劏房」裏，明知環境惡劣，但因為負擔不起租金，只得擠在這裏。幸而火警發生在白天，而且發覺得早，才沒有出現較大的傷亡。聽她們説有三名住客仍在醫院留醫，情況不算嚴重。

媽媽也住過劏房，對這批災民特別關心。她叫弟弟找一個角落跟小朋友講故事、玩遊戲，讓他們不要四處跑，免使家人操心。弟弟打電話約了一個男同學和兩個女同學來幫忙，把小朋友分成男女兩組，玩得更開心。

弟弟後來説，想不到竟有小朋友從來沒有到過香港島，更不要説迪士尼和海洋公園了；也有小朋友沒有吃過漢堡包和披薩。弟弟覺得這些都不是問題，他自己也只是去過一次海洋公園；但居然沒有一個小朋友去過圖書館，不知道那裏有很多好看的故事書可以免費借來看，那就太可惜了。但是每個小朋友都看過電視，劏房雖然小，卻一定有電視機。弟弟不明白的是小朋友們都看過電視劇，卻有一半沒有看過兒童節目。

一日三餐社署都送飯來，派飯時我們維持秩序，行動不便的老人由我們代領送到他們手上。

災民借用學校的廁所，社署有廁紙供應，但很快廁所變得很骯髒。媽媽清潔了幾次，跟校長商量，借用學校的擴音設備，講解保持廁所清潔的方法；並且請一個十歲的小妹妹跟我們的媽媽對答。小妹妹的記性很好，把媽媽的問題和答案都記住了。媽媽獎給她一排巧克力。自此之後，廁所的情況改進了很多。

到了晚上，災民需要洗澡，附近有一處公廁附設有浴室。媽媽替大家分組，一組一組輪流過去。有全組都不識路的，就由我和弟弟帶過去。

大部分的災民洗澡之後準備睡覺了，我們也準備回家，卻有一個需要餵奶的媽媽走來對媽媽說，她的 BB 好像在發燒，媽媽一摸，果然燙手，決定帶她到公立醫院的急症室去。

媽媽叫我們先回家，她要帶那兩母女去急症室。

媽媽回來時已是午夜，她説孩子高燒 104 度，醫生擔心災民庇護場地不理想，就收容 BB 留醫，孩子的媽媽可以留院陪她。辦好手續後，媽媽才回來。

我們第二天一早又回學校，因為損毀不算嚴重，警方准許災民派代表回家，拿取生活必需品。警方估計災民多住一天便可回家。

第二天的秩序比第一天好了許多，弟弟的女同學教孩子們唱歌，稚氣的歌聲在室內迴響。

弟弟帶一班男孩到操場踢球，玩得很開心。

近黃昏時發燒的孩子回來了，已經退燒。

曾經有一位年輕的女記者前來採訪，不止一位災民表示對媽媽的謝意。女記者前來訪問母親，媽媽説守望相助、災難互相扶持是簡單的做人道理，她婉拒了記者的訪問。

看來這位記者很盡責，她從災民口中獲得不少資料，又拍攝了很多照片，包括媽媽清潔廁所的情形，也有女孩子們

中二B班
守望相助
災場有暖流
見義勇為
全家齊出動
日報

唱歌、男孩子們踢球的鏡頭。第二天那份報紙刊了半版的報道，題目是：

守望相助，災場有暖流
見義勇為，全家齊出動

難得她把我們幾個的關係也弄清楚，媽媽，女兒、兒子，各有照片出現。

媽媽看了報紙並不太高興，爸爸卻說：「也好，好人好事，為社會添加點正氣！」

球 賽

深水埗區少年足球比賽打到決賽了，弟弟所屬的小虎隊歷盡艱辛，經過二十八場苦戰，進入冠軍決賽，對手是一場也沒有輸過的恐龍隊。

恐龍隊是立基中學初中部的校隊，立基中學本身有一個標準球場，他們可以天天練球。

不像我們學校的球場，只可以打籃球，踢足球就嫌小，要到附近一處公園借場，場不是每次都借到，球也不能天天練了。

恐龍隊的教練是外援，學校請回來的退休甲組球員，技術正宗，訓練嚴格。小虎隊的教練由體育老師張 Sir 兼任，

張 Sir 最擅長乒乓球，足球只是他的第二強項。不過他對小虎隊還是落足心機的。

由於弟弟速度快，控球穩，射球準，他已被大家選做副隊長，擔任前鋒搶攻位置。他真的十分勤奮，一有空就到附近空地練球。他已踢破了兩個球，腳上的球鞋是老師送的，鞋底愈來愈薄，右腳鞋頭開始爆裂。為了踢好決賽，他要想辦法擁有一對新鞋。

他有一筆小小的儲蓄，但買不到一對好波鞋。他經過鞋店總要望一望，看有沒有減價。機會終於來了，球賽前兩天，他看到一對他喜愛的牌子的球鞋半價出售，價錢是他可以負擔的。他立刻飛奔回家，在儲錢小盒子裏拿了錢，飛奔去鞋店。

鞋店職員看看他的腳，拿了一對鞋給他。弟弟一看，是八號的，便問：「有七號嗎？」職員說：「七號斷碼了，你試試嘛！」弟弟一試，嫌大。

職員說：「大不了多少嘛，着對厚襪就差不多啦！好少咁平㗎，而且，你對腳還會大的嘛！」

弟弟想想也有道理，便把鞋買下。

到球賽那天，他本想穿舊鞋出賽，卻發覺鞋頭爆裂得更厲害了，肯定會妨礙射球。於是他穿了兩對襪子，又把鞋帶拉緊，雖然還有點鬆，但看來問題不大。

球賽在立基中學舉行，對方有主場之利，但只有對方的球場合標準，並沒有其他選擇。

球賽的觀眾絕大部分是立基中學的學生，我們學校只得二十來人，包括我在內，我是來幫弟弟打氣的。

7

射 門

球賽十分緊湊，恐龍隊先入一球，歡呼喝采的聲音便震天價響。小虎隊並不氣餒，努力反攻。恐龍隊的守門員十分厲害，幾個險球都被他救出。直到上半場將完時，小虎隊正隊長在近門處用頭頂入一球，微弱的喝采聲被對方痛惜的「Oh！」聲蓋過了。

休息十五分鐘，下半場開始，不到一分鐘恐龍隊就進了一球。立基中學那邊的歡呼聲喊得令人心慌。直到二十分鐘後小虎隊才扳回一球，2：2 打和。跟着球來球往，雙方都無法打破和局。

眼看只差一分鐘完場要加時再賽了，小虎隊正隊長一個長傳，球兒到了弟弟腳下。好一個黃志中，煞定了球扭身便

射。球兒向對方球門勁飛，對方守門員飛身接過，才發覺接的不是足球，而是一隻球鞋，一低頭驚見球兒已經入網。此時完場哨子響起，小虎隊以 3：2 獲得深水埗區少年足球賽冠軍。

回想當時場中情景，倒是很複雜的。當恐龍隊球員接到那隻球鞋時，有人歡呼，他們跟守門員一樣，以為把球接着了。但同時有人歎息，因為他們看到球兒入網了。最後大家都看清楚了，除了小部分人歎息之外，場內響起一片笑聲，因為情況太滑稽了。這時恐龍隊的守門員也尷尬地笑着，把球鞋擲向弟弟。弟弟來不及穿回球鞋，已經被隊員高高抬起，拋向空中，再把他接回又拋上去。站在領獎台上我們全體球員更一起踢出球鞋，十分高興。

教練張 Sir 在頒獎禮之後，請全隊人去吃雲吞麪慰勞。

那守門員接着球鞋，球兒卻已入網的鏡頭，被一位體育記者拍攝到，成為當年新聞攝影體育組冠軍。

3
2
7
6
5

趕工

爸爸接到一個電話，是他服務的那間清潔公司打來的，說是公司接到一項緊急任務，但公司的人手都已編配好了，加上有兩個同事返了內地探親，實在找不到人手去做。他們想把爸爸從原先的工作崗位上調出來，由他再找朋友跟他去負責那項緊急任務。

緊急任務是一間建築公司批出來的，他們在完成一間公司的裝修工程之後，本應把整個場所弄乾淨，然後交貨。合約規定，每遲一天罰款五千元，而後天便是最後期限。公司本來約定的清潔公司卻突然結業了，所以他們臨時找救兵。

爸爸接到電話是星期六晚上，他只有一個白天和一個晚上可以用。

爸爸打了幾個電話找相熟的朋友，看誰可以合作做這項工程。使他失望的是竟然沒有人有空。他對母親説：「寫字樓有三千平方呎，要抹窗、抹門、抹桌椅、掃地、打蠟、清潔廁所潔具，一個人肯定完成不了。我們要不要接？」媽媽鼓勵他説：「你不是説『我們』嗎？當然包括我了，而且我明天放假。」我搶着説：「『我們』也包括我。」弟弟也嚷着説：「還有我！」

媽媽晚上就準備好第二天的食物，在工場吃會節省時間。

我們早上八時便到了工作現場，看更阿叔把門匙交給我們。

進入工作地點，見窗玻璃上有不少灰水，櫃面檯面都是灰塵，地上垃圾、油漆遍布，廁所玻璃和潔具都很骯髒。

爸爸説我們從高處往下做，最後才清潔地板。他派發頭盔、眼罩、口罩、勞工手套給我們，説工業安全很重要。

爸爸開始用薄鏟鏟除玻璃窗上的灰水，媽媽跟着把玻璃抹乾淨。他們在梯子上，我和弟弟負責遞東西給他們。弟弟先把地面較大件的垃圾搬走，免得阻礙腳步。

做了一個上午，所有玻璃窗都抹乾淨了。我感到很肚餓，弟弟也催着吃飯。原來做體力勞動特別容易餓，而且會吃得比較多；還有，會覺得飯比平時香，菜比平時好吃。

我們用二十分鐘便吃完。爸爸分配工作，他跟媽媽清潔兩個洗手間、我們負責先掃地，後吸塵。

下午三時半我們有一個小息，大家飲奶茶吃三文治。之後爸爸開始抹所有燈罩燈箱，媽媽和我們幫所有的門和門框、櫃門、櫃面、窗框、窗台做清潔，要做得仔細，連罅隙也不放過。晚飯之前我們做不完，晚飯之後繼續。我和弟弟開始覺得疲倦，臂膀酸酸的抬不起來，要自己用力搥打。

晚上九時了，除地面外，其他的都做好了。休息十五分鐘後，我們開始最後的工作，處理地面。洗手間是瓷磚地可以用水拖，我們兩姐弟負責。其他地方是木地板，要打蠟。業主不喜歡用水晶蠟，嫌它太反光，用一般的優質蠟便可以。我和弟弟拖完洗手間之後，爸媽還沒有塗完蠟，我們就幫着塗，原來蹲着做是這麼吃力，媽媽叫我們跪着做，可是一會兒膝蓋又疼了。媽媽給我們一人一塊膠墊板，墊在膝下，果然舒服得多。

蠟塗好了要等它乾，然後磨光。爸爸開動打蠟機，隨着刷子的轉動，地板發出潤澤的亮光，爸爸說這是打蠟最舒服的階段了。

凌晨兩點鐘，我們完成了全部工作，我和弟弟已收拾好所有工具，又把垃圾推去垃圾收集處。爸爸到處巡視了一回，認為沒有漏掉的地方了，宣布收工。

燈光下，我見整個辦公室光潔明亮，纖塵不染，感到很自豪，這是我們全家勞動的成果。我也體會到爸爸工作的辛勞，我們是偶一為之，他卻是常年的工作。

建築公司對我們的工作十分滿意，清潔公司發出了四個人十八小時的工資，爸爸把我們應得的工資發給我們，是一個不小的數目。我會儲蓄起來送一份生日禮物給爸爸。

校慶

今天是校慶日，上午舉行頒獎禮，下午是開放日。

為了開放日，媽媽很忙碌，要全校大掃除一次。連星期六、星期日也要加班。

我也很忙碌，要做好一個 project，是中文、英文、通識三科的共同作業，題目是《關心我們的社區》。我們分小組進行，一共有「環境」、「治安」、「老人」、「交通」、「露宿者」和「公共設施」六個大題目。我參加的是「露宿者」一組。這份功課要在開放日展出。

我們起了一個早，天剛亮，大約是早上五時，露宿者還未起來。我們首先點算露宿者的人數，然後我們選擇了兩個

地點作重點觀察，看他們睡到什麼時間，起身之後如何收拾「牀鋪」、有沒有梳洗、有沒有乞討、有沒有工作（估計）……又選擇了兩個露宿者做訪問，老師要我們注意安全，找精神表現正常的跟他們聊天，了解他們為什麼要露宿？露宿了多久？有沒有家人？有沒有領取社會福利？有什麼困難？有什麼盼望？

我們訪問了兩個六十多歲的露宿者，一男一女，露宿兩年以上了，他們的精神都很正常，有問有答。他們說人們對他們有誤解，露宿者之中精神不正常的只是少數，露宿是不得已的選擇。他們的願望都是能跟家人生活在一起。問他們可知道家人現在在哪裏？他們回答都是不知道。這使我們知道跟家人生活在一起，已經是一種幸福。

我們的 project 用兩大版展出，這天下午圍觀的人不少，我是講解員之一，聽到不少稱讚。有人說：「中學生關心社會是好事，別整天沉迷上網和電子遊戲。」

頒獎禮就在學校禮堂舉行，所有獲獎的同學可以帶同父母出席頒獎禮；除了得獎的同學要參加外，其他同學放假一天，但仍可帶家人下午回校參觀開放日。

頒獎禮上午十時開始，主禮嘉賓是一位機師，本校舊生。校長介紹他從前是一名窮學生，連課本都沒錢買，學校把老師用過的書送給他；學校旅行，他沒有錢付交通費，藉口說家中有事不參加。一年這樣，第二年又是這樣。班主任了解真正原因之後，介紹他為一個鄰居洗車，每星期一次，就解決了問題。校長說他讀書十分用功，成績經常是全級第一名，他獲得不止一種獎學金，所以一直升學從來沒有交過學費。之後他考入機師訓練學校，到外國受訓，不但無須交學費，還有生活津貼。現在他已經是大航空公司的正式機師了。

舊生機師致詞時說感激學校老師的栽培，他認真地說：「我選擇做機師跟洗車有關。老師那位鄰居原來是一位退休機師，他獨自一人居住，見我工作認真，便邀請我到家裏一同吃早餐，跟我講述做機師的所見所聞，使我十分羨慕。後來我決心投考機師訓練學校，投考前我請退休機師指導面試要注意的問題，得益很多，果然被我考取了。當時報名的有五百多人，只錄取五人。

我最記得這位師兄的兩段話：

「知識是我們的翅膀，讓我們能夠高飛。」

「人在美麗廣闊的高空，會覺得人世的爭名奪利是多麼的無謂。一個人是否快樂，不在乎他擁有的財富多少，而在於他精神世界是否富足。」

頒獎開始了，首先頒學業獎，我是中二全級第二名。我在掌聲中上台，爸爸在下面拍照。回想我這學業獎可不是輕易得來的，我的英文科成績始終比較弱，頭兩個月的測驗只是僅僅及格。英文科老師 Mrs Chan 給了我一張二十本故事書的書單，她說這些書都很淺，讀起來並不吃力，只要你仔細看兩遍，就自然得益。於是我去圖書館一本一本的借來看，起初看得慢，後來愈看愈快，說明我的閱讀能力提高了。到上學期大考，我的英文有 85 分了。

後來頒發各項課外活動獎項，本校獲得深水埗區少年足球冠軍。弟弟和正隊長一同上台，那座大銀盃再由校長頒發一次。他們接過獎杯時，台下發出歡呼和鼓掌聲。事後弟弟說，不知是否心理作用，他覺得包括校長在內，大家的目光都看着他的鞋子；事實上那場決賽獲勝的故事已傳遍學校。

最後由校董會主席頒發最佳員工獎，是發給教師以外學校工作人員的獎項，包括書記、校工、花王⋯⋯得獎名單由

紀念中學

一個評審委員會開會決定，校董會主席也是評審委員會主席，他説：「評審委員會很高興，我們學校出現一位傑出的員工，她勤奮工作，她負責清潔的廁所，被教育署視學人員，讚揚為他們見過的最清潔的廁所。」台下發出熱烈掌聲。

「上次本區發生火災，本校收容了災民暫住。這位同工參加了義務工作，關心、熱心、細心，不少人寫信來表揚和致謝，使本校都獲得一份光榮。這位同工便是李秀菊女士。」

台下立刻響起最響亮的掌聲。

李秀菊，當然是我們親愛的母親啦！她除了得到一面最佳員工的獎座，還有一個電子氣壓煲。爸爸用相機記錄下一切。

我們一家有三人獲獎，又拍了許多張合照，真是值得紀念的一天。

我們拍照時，陳大可經過，他也是獲獎生，我邀請他跟我們一齊合照，他高興地站了過來。

「世伯，我幫你們拍。」自告奮勇的是何翹翹。

她幫我們拍了兩張，我說：「翹翹，你也來！」

「好呀！」她把相機交給路過的另一位同學，一跳就跳了過來，還叫大家豎起手指，做一個勝利手勢。

此時我記起開學第一天，她說：「Miss Lee，我可唔可以唔同『蝗蟲』坐？」

而現在我們常常坐在一起做功課、聊天、吃東西，變化是夠大的。

「翹翹，我要跟你單獨拍張合照。」我攬住她的腰，她也同樣攬住我的腰。

其他的人自動讓開。

「Cheers！」拍照的同學說。

我們同時露出雪白的牙齒。

跨代對話

貧窮對你來說，意味什麼？年輕人普遍認為上一代的經驗不能硬套在他們身上——從前貧窮人只要努力就可以脫貧，但現在「獅子山下」的拚搏神話彷彿失效。面書、留言板都充滿年輕人對社會的「怨氣」，彷彿上一代和下一代是無法溝通的。

阿濃人生經歷豐富，但內心仍然年輕，對社會和年輕人仍然感覺敏銳，這次阿濃不但參考學生的文章創作出黃志芬一家的故事，還把自身的貧窮經歷和現今孩子對貧窮的想法作了一次比對，仿如一場兩代的對話。貧窮的經歷可以分享，可以互相激勵，雖然身處不同年代，但當中的想法和感受都是相近的，最重要的是常存愛和盼望。

貧窮人最需要的是尊重

爸爸拿出電話打給二伯，告訴他，我們平安到了香港。爸爸走了這麼久也累了，看見旁邊有凳子就坐下，繼續拿著電話用家鄉話和二伯聊著。

我永遠不會忘記店鋪裡的男人看了我們一眼，嘲笑似的和旁邊的女人竊竊私語了一會兒，然後女人走過來說：「先生，不好意思，這凳子是我的。」爸爸馬上站了起來，抱歉的點點頭。女人更是得意了，自豪地拿起凳子，一邊走一邊對店鋪的男人說：「大陸人就是這樣，沒點禮貌。」爸爸尷尬的看看我，我的眼睛紅了……

我們家有過害怕交出房租的日子，也見過連下一頓飯也沒著落的家庭。貧窮人申訴、抗議，社會有盡力幫助他們嗎？給不到足夠的金錢幫助，請你也給足夠的尊重。

楊慧晶　中三

《少年不識窮滋味》1

（節錄）阿濃

至今我仍記得的一幕是在我六、七歲那年發生。一個大雪的冬日，滿身破衣的老乞丐敲響一家鄧姓的門討飯吃。一個男人打開門見是乞丐，喝叫他走開，隨即乒的把門關上。老乞丐沒有走，繼續在門外乞求。門忽地被打開，那男人手上拿着一根木棍，兜頭兜臉的向乞丐打去。乞丐舉手護着頭臉，呼叫着滾倒在雪地上。破衣遮不住的背脊上那兩道長長的血痕。

被打傷的乞丐沒有離開，找到一張破蓆睡在打人那家門前，意思是索取賠償。大概兩天之後不見了他，事情怎樣了結，我們不知。

人傷害人的事在孩子的情感上是很難接受的。我見過一個被指為小偷的人被綑綁着遊街，最後有人把他吊在一棵樹上。他呼喊求饒，但沒有人給他絲毫同情，還有人用磚頭、石塊抛擲他。我心裏十分難過，對小偷充滿同情，如果不是因為窮，他怎會偷東西呢？

貧窮不一定會自卑

貧窮令我十分自卑，每天我背着殘舊的書包，但同學們都帶全新的書包回校。每次想到這裡，我就覺得上天不公平，感到自卑，所以我不喜歡跟人說話，只喜歡自己一個人。

直到有一天，班上來了一位插班生。她跟我一樣背着殘舊的書包，用一些舊的文具。但她十分友善，有不少朋友在她身邊。有一次我忍不住，走過去問她為什麼一點自卑的感覺都沒有。她微微一笑，說：「為什麼要自卑？沒有人想貧窮，但我生下來就是這樣，既然有些事我們無法控制，何必去在乎呢？」

她還說：「自卑真的很辛苦，因為要無時無刻注意別人的目光，這比恨一個人還要累。既然如此，倒不如珍惜時間做有意義的事吧！」她令我明白到，貧窮不是錯，但因貧窮而自卑便是錯了！即使貧窮，我們還是可以活得很好，重要的是人生的態度。

呂樂怡　中三

《少年不識窮滋味》2

（節錄）阿濃

當年物質生活匱乏，但我沒有感覺到貧窮的滋味。原來是否貧窮也從比較中得來，當社會上大多數的人都過着類似的生活，甚至比你更不如時，你就不會為窮而愁苦。

我的童年缺乏糖果、缺乏玩具，但我們會想出許多簡單的玩具和遊戲，玩得興高采烈。

那個年代，鎮上沒有報紙、電台、戲院、圖書館，可以説全無精神食糧的供應。幸而父親的藏書不少，從《四書》到《古文觀止》，從《三國》、《水滸》……我都囫圇吞棗看了一個遍。

如果那個年代有電台、電視、遊戲機、電腦、iPad，我還會如此埋頭埋腦的讀了那麼多的文學基礎讀物嗎？我還能培養出寫作的興趣而成為作家嗎？

原來貧乏造就了我的豐盛，不足反使我有充實自己的慾望。

家人的愛是最大的財富

我初來香港，才第一天上課，就發現完全適應不了這樣的生活，放學回家我大哭起來，媽媽急忙問我怎麼了，我告訴媽媽：「在這間學校我沒有一個朋友，同學排斥我，課程又跟不上，不知道該怎麼辦？」我以為媽媽會怪責我，說我不懂事。可是媽媽沒有，她陪着我哭，說：「你要堅強，他們看不起你，沒有什麼大不了；剛到新地方不適應是正常的，誰會那麼強，到新的地方就有很好的適應能力呢？不要哭，努力，媽媽相信你可以的，不要這麼快就放棄，這樣媽媽也會很難受。」

就那樣短短的對話，我覺得其實我擁有很多，只是我一直沒有發現，把媽媽的愛當作理所當然，只是到問題真的發生了，才知道自己一直擁有。

石瀅瀅　中三

《少年不識窮滋味》3

（節錄）阿濃

抗日戰爭勝利後國共開始內戰。期間父親在上海的紅卍字會工作，我住在這機構的宿舍裏，母親到一間紗廠做女工，就住在廠的女工宿舍裏，只在周末回來看我。

她回來時我看到她頭髮上仍有廠房裏帶出來的白紗纖維。

她來到我的宿舍，幫我整理牀鋪，誰知一掀開牀褥，便看見纍纍蠕動的臭蟲（粵語叫木虱），跟着她檢查我的背脊和大腿，上面滿是吸血後留下的丘疹。

她花了很大的工夫為我清除臭蟲，這東西常跟貧窮連在一起，已經營養不良的窮人還要被牠們吸血。

母親又發現我手上、腳上都長了凍瘡，手指上還有兩處傷口。我告訴她是在冷水裏自己洗襪子磨破的。我一直在她照顧下長大，細皮嫩肉的，手上的皮一磨就破。

母親的週末假期就是回來幫我們洗衣服被褥。

富裕的貧窮

我的父母感情不太好，常常為了小事而吵個不停。他們一吵架，其他人的嘴巴就像被封住了，沒人敢出聲。這樣的日子不是一天過後就沒事，而是維持至少一、二個星期。這樣的生活沒有溫暖，也沒有快樂，怎會有幸福？

所以我覺得快樂、溫暖、幸福是一體的，只要缺少其中一樣，其他的就沒可能實現。如果可以交換，我想用我現在所擁有的換來溫暖，我寧願做一個貧窮人，也不要失去家人。現在我們能做到的，就是珍惜這一切。貧窮人沒有略質、資源、機會，但是他們有家人陪伴，互相打氣支持對方努力生存下去。貧窮人所擁有的，我沒有；我所擁有的，貧窮人沒有，但貧窮人比我擁有的還要多……

蘇美儀　中三

《少年不識窮滋味》4

（節錄）阿濃

鎮上最有錢的是丁家，據説那民國史上有名的曾留學外國的地質學家丁文江就出自他家。有一個佔地甚廣的花園和埋葬先人的丁家墳場。

關於丁家我只有兩個記憶。一是他家僱用了一個長工，工作之一是到門前的河裏挑水，把家中的水缸裝滿。那是要來回多趟的。據説不止一次，他早上發現水缸都是滿的，不知是誰人所為。直至有夜行人説，夜間經過河邊，見這長工正在挑水，原來他夜間夢遊，把缸挑滿了。

第二件事是丁家有兩個女娃也在我就讀的小學讀書。小息時有女傭送早點來學校。我們見到女傭把饅頭的皮剝掉才給她們吃。吃饅頭已是奢侈，還要剝皮，那簡直是太過分了。同學們對此都「為之側目」，對有錢人的印象又壞幾分。

人窮志不窮

我覺得有錢會令人失去無可取代的東西。有時候，我甚至會「討厭」有錢人，我知道有錢不是罪，有錢人也無法選擇自己的身世，在我這個十餘歲的井底之蛙的少女眼中，「有錢人」就是凡事以錢為首，以為錢能解決一切，所以我討厭「有錢人」。我未分得清這是安慰自己的藉口，抑或親身體驗的感受，但我清楚自己並不喜歡當「有錢人」，窮人的快樂、純真和夢想，是用錢買不到的。

人窮志不窮，窮人也有生存權利，咸魚也要有夢。夢就是我們的一生，夢就是我們的靈魂！所以我選擇了我的貧窮之路，去為我的夢奮鬥，我不知道最後的結果會是什麼，我只知道，我要有夢！我要為我所追求的夢前進。「貧窮」對我來說是夢的開始。

黃博頌　中二

《少年不識窮滋味》5

（節錄）阿濃

貧窮可以鍛煉人，可以激勵人向上，但貧窮絕非好東西，它也可以影響前途，喪失志氣，使天才鬱鬱而終，使豪傑為五斗米折腰。「窮且益堅，不墜青雲之志」的始終是少數。「人窮志短」的卻是多數。

如何面對貧窮，怎樣把貧窮變成助力而不是阻力，怎樣防止自己被貧窮吃掉，而能提取貧窮中積極的因素，堅毅向前，成為打不倒的神話，是每個不甘平庸的青少年要思索的問題。

請登上「阿濃．突破」Facebook fan page 閱讀《少年不識窮滋味》全文：http://www.facebook.com/anong.breakthrough

討論問題

來港第一天

你對內地人的印象如何？有沒有不自覺地產生偏見？

上課第一天

香港人稱內地人為「蝗蟲」，是否恰當，為什麼？

午餐

你珍惜父母對你的照顧嗎？

政府及社會大眾應給予單親家庭怎樣的援助？

禮 物

禮物的價值應在於什麼？試談談你收過最滿意的禮物。

舊 衣

試列出三個處理舊衣物最恰當的方法，並說出理由。

同 屋

試描述你和鄰里的關係。

人與人的關係中，哪些元素最重要？

翹 翹

你感到自己被愛嗎？為什麼？

母 女

人有自殺的權利嗎？自殺對其他人帶來什麼影響？

清潔時間
暫停服務

積聚

富翁不斷積聚財富是基於什麼心態？

對你來說什麼才是真正的「財富」？

剩飯

你對吃別人的剩飯有什麼看法？環保？省錢？不衛生？沒有尊嚴？為什麼？

步行

試列出三個既省錢，又有益身心的生活習慣。

你上一部手提電話用了多久？電玩、電腦的款式日新月異，我們應如何面對潮流？

勞苦一生

對待社會上及身邊的老人家，我們應抱怎樣的態度？

試擬一個讓老人家活得充實、盡展所長的計劃書。

媽媽做校工

你認為職業有貴賤之分嗎？為什麼？

意外

你認為「新三年，舊三年，縫縫補補又三年」是迫於無奈，還是值得提倡的生活態度？

你曾幫助身邊的貧窮人嗎？當中的感受如何？

爸爸的期望

你認同讀書可以脫貧嗎？

「求學不為求分數」對香港學生來說是否很困難，為什麼？

尊嚴

有人為工作而忍辱負重，有人卻不為五斗米折腰，兩者應如何取捨？

關懷

試列出三個造成香港貧富懸殊的原因。

古代的貧窮與現今香港的貧窮有何相同與不同之處？

廁所

在學習或工作上遇到不想做的事情，你會如何應對？

書架

你上一次去圖書館借書是何時？

試分析香港閱讀風氣強差人意的原因。

經歷

物質上的富裕與心靈上的富足，哪個比較重要？

火災

「劏房」帶來怎樣的社會問題？

要取締「劏房」，你認為政府應做些什麼？

球賽、射門

家境富裕的孩子有豐富資源，可以補習、學鋼琴……有人説貧窮的孩子「輸在起跑線上」，你認為貧窮的孩子怎樣才能突圍而出？

守望相助 災場有暖流
見義勇為 全家齊出動

趕　工

有沒有勞動工作的經驗？感受如何？

有人說香港慢慢趨向知識型社會，你認為香港仍需要大量體力勞動的工作嗎？

校　慶

你關心你的社區嗎？你的社區裏有什麼社會問題最值得關注的？

作　者　近　作

《美言一百》

榮獲　香港教育城 2014 年度「十本好讀」

—— 教師推薦兒童好讀

輕鬆的散文使你會心一笑。好的心情，不但保護了你，還會漸漸影響周遭。讓好心情常駐心中，並且把能量發散出去，世界會變得更美麗。阿濃這次與讀者分享美好的説話和談論美麗的話。

《當好學生遇上好老師》

榮獲　第 4 屆金閱獎

——「文史哲組」最佳書籍

香港出版雙年獎 2017

——「兒童及青少年類」出版獎

香港教育城 2016 年度「第 14 屆十本好讀」

—— 中學組教師推薦好讀、中學生最愛書籍

一提起老師，在你心中會出現一些什麼影像呢？在中國歷史上，老師的地位大多崇高，從東漢起，歷朝的祭祀之禮，對象便是「天地君親師」，表示對大自然、國家領袖、父母尊長、老師的敬重和感恩。這五個字民間還有特殊寫法，其中「師」字不寫左上角的一小撇，寓意一個人對師恩不能撇去，一定要銘記於心。

關於歷史上教師這一行許許多多有趣的故事，阿濃會在書中向大家一一道來。